Karl Roth

Die ältesten Urkunden des Bissthumes Freising

Anatiposi

Karl Roth

Die ältesten Urkunden des Bissthumes Freising

Unveränderter Nachdruck der Originalausgabe von 1853.

1. Auflage 2023 | ISBN: 978-3-38205-276-8

Anatiposi Verlag ist ein Imprint der Outlook Verlagsgesellschaft mbH.

Verlag: Outlook Verlag GmbH, Zeilweg 44, 60439 Frankfurt, Deutschland
Vertretungsberechtigt: E. Roepke, Zeilweg 44, 60439 Frankfurt, Deutschland
Druck: Books on Demand GmbH, In de Tarpen 42, 22848 Norderstedt, Deutschland

Die

ältesten Urkunden

des

Bissthumes Freising,

nach

Kozroh's Handschrift biss zum J. 835 verzeichnet

von

Dr Karl Roth.

Anhang zum 2. Bdchen. meiner „Beiträge."

München, 1853.

Joseph Anton Finsterlin.

18 181-4

Dem

hochwürdigen Herrn

Sebastian Zehetmayr,

Professor am k. Gymnasium zu Freising,

dem

sinnigen Verehrer des hl. Korbinian und seiner Nach-
folger, sowie dem eifrigen Namenforscher

geweiht

von dem

Herausgeber.

1. **Corbinianus** 724—730.

Biß jetzt wollt' es mir nicht gelingen, eine Urkunde aus der Zeit des hl. Korbinian aufzufinden; überbies stehen obige Jahrzahlen nicht fest. Bei dem Mönche Kozroh, welcher zuletzt in einer Urkunde vom J. 848 als Schreiber auftritt, stieß ich wenigstens auf keine Schenkung aus obiger Zeit, weil die Schenkungen an die freisinger Domkirche überhaubt erst nach Korbinian's Tode fallen. Doch fand ich in Kozroh's Hf. (4. b) eine Notiz vom Ende des 11. Jh., des Inhaltes, daß sich Korbinian vom damaligen Kaiser [so! wie hieß er?] eine Urkunde (**cirographum**) erwirkt habe, die freie Bischoffswahl seiner Familie (d. h. des nachmaligen Domkapitels) betr.; genannte Urkunde sei aber späterhin beim Dombrande (um's J. 903) zu Grunde gegangen.

Dieses unglückliche Eräugniß hemmt überhaubt den Forscher gewaltig, und ward schon früher von mir beklagt (Beitr. **VI**. 11.). Die älteste, den Flammen zufällig entgangene Original-Urkunde Freising's ist vom J. 895; was rückwärts liegt, muß also anderswoher erforscht werden.

Hier nur noch 2 Bemerkungen.

1. Soll die Urgeschichte des Bißthumes Freising Licht erhalten, so muß das Leben des hl. Korbinian, verfaßt von Arbio, dem 4. Bischoffe Freising's, neü bearbeitet werden, was unlängst möglich ward. Die beiden hiesigen Handschriften sind jung, und (wenigstens in den Namen) nicht sehr verläßig; Meichelbeck und die Bollandinge haben sie zur Genüge ausgebeütet. Die londoner Hf. ist die älteste und beste (Beitr. **VI**. 12.); aber wann werden wir deren Abbruck erhalten?

1

Dagegen kam unlängſt eine brauchbare Hſ. in Erlangen zum Vorſcheine (**Cod. erlang.** 294., Pghſ.
d. 11. Jh. in 4., 72 Bl.), auf welche wir betheiligte
Forſcher aufmerkſam zu machen uns beeilen. Die Hſ. ent-
hält im Ganzen folgende Lebensbeſchreibungen:

a) die des hl. Ambroſius, geſchrieben von Paulinus;

b) „ „ „ Nikolaus, „ „ Johannes,
      dem Diakone;

c) „ „ „ Severus, Erzbiſchoffes zu Ravenna;

d) „ „ „ Korbinian, Biſchoffes zu Freiſing;
      endlich

e) „ „ „ Uobalrich, „ „ Augsburg,
      alle von derſelben Hand.

Sieh hierüber:

Handſchriften-Katalog der k. Univerſitäts-Biblio-
thek zu Erlangen, bearbeitet von **Dr. Johann
Konrad Irmiſcher** (Frankfurt a. M. und Erlangen
1852. 8.), 82. S.

2. Der Name Korbinian iſt Ableitung von Kor-
binus (d. h. **Corvinus**, ſpr. Korwinus), deütſch Ra-
bener; er ſtammt alſo von **corvus**, der Rabe. Das
deütſche **Haim-hraban** (lat. **Haimramnus**, ſpäter
irrig **Emmerammus**), d. h. Dorfrabe, iſt damit zu
vergleichen.

Es dürfte aber nicht bekannt ſein, daß die Baiern
des 8. Jh. den hl. Korbinian ihren Sprachgeſetzen ge-
mäß Gurbinian nannten, und daß man noch jetzt Kur-
berl ſagt; im ſalzburger Totenbuche 70. 2. iſt er daher
eingetragen, wie folgt:

„**Gurbinianus** epſ.‟

Sieh hierüber:

Das Verbrüderungs-Buch des Stiftes S. Peter
zu Salzburg aus dem 8. bis 13. Jh., mit Erläu-

terungen von Th. G. von Karajan (Wien 1852. gr. Fol.), 16. S.

Hier sind noch folgende Bischöffe Freising's eingetragen:

70. 5.: **Ermperhtus** ep. († am 1. Jän. 749);
— 11.: **Joseph** epf. († am 17. Jän. 764);
— 17.: **Arpio** ep. († am 4. Mai 784).

Ferner auf der 25. S.:

120. 20.: **Abraham** epf. († am 10. Juli 994);
— 21.: **Gotefcalch** epf. († am 6. Mai 1006);
— 22.: **Egilpertus** epf. († am 4. Nov. 1039);
— 23.: **Nithardus** [l. **Nitkerus**] epf. († im J. 1052);
— 24.: **Engilhardus** [l. **Ellenhardus**] epf. († am 11. März 1078); endlich
— 25.: **Otto** epc. et abbs. († am 22. Sept. 1158).

Nach Ellenhart sind 2 Bischöffe vergessen, nämlich:

a) Meginwart († im J. 1098), und
b) Heinrich I. († am 9. Okt. 1137).

II. **Ermbertus** 730—749.

1. Traditio **Eigiloni** prbri. ad **Tullininga**. ohne Jahr. 1c. [der Bischoff zweifelhaft].
2. „ „ **Moatberti** de **Zollinga** 747. 18. b.

III. **Joseph** 749—764.

1. Traditio **Haholti** et filii eius **Arnonis** ad **Poatilinpach**. 758. 1ª.
2. „ „ **Taffiloni** ducis de **Erichinga**. 751. 9. a.
3. „ „ **Timonis** de **Toalpah**. 753. 10. a.
4. „ „ **Wettini** de **Hroadolvinga**. 759. 11. b.

3. Traditio [Anfang fehlt] in locis duobus ad He-
riperhteshufun, five etiam ad Wir-
ma. o. J. 65. a.

4. „ „ Wolfharii ad Hage. 804. 72. a.

5. „ „ Altigunda de Alpicha. 808. 73. b.

6. „ „ Hermperhti de Cella. 807. 75. a.

7. „ „ Willihari cler. in loco Tagaleih-
hinga. o. J. u. B. 75. b.

8. „ „ Reginoni feu uxori eius in loco q.
d. Chamara. o. J. 75. b.

9. „ „ Meginharti de Winimunteshu-
fir. 805. 76. b.

10. „ „ Cundhohi prbi. de Capalpahc.
804. 76. b.

11. „ „ Oazonis de Rotapach. o. J. 77. a.

12. „ „ Cotefcalhi prbi. de Heidolvinga.
807. 78. a.

13. „ „ Tifoni de Holze. 807. 78. b.

14. „ „ Egilrichi pbi. ad Pipurc et ad
Pelheim. 807. 79. b.

15. „ „ Drudmunti, Cundpaldi et Chu-
anrati in locis Feldtuhhinga et
Kerhiltahufir. 806. 80. a.

16. „ „ Mezzi de Undeoinga. 804. 81. a.

17. „ „ Hugiperhti prbi. ad Frigifingun.
o. J. 81. a.

18. „ „ Engilperhti cler. de Moresfur-
tiu et ad Mataclapfin. 809. 81. b.

19. „ „ Adalrihi cler. de Crazun. 807. 82. b.

20. „ „ Hroadolti de Palzinga. 807. 82. b.

21. Convenientia Attonis epi. et Einharti de
loco Swindkhiricha et de loco
Dorfa. o. J. 83. a.

39. Traditio Engilperhti pbi. et Perhtolti laici ad Ipach. 808. 92. b.

40. ,, ,, Othelmi presbiteri. o. J. u. B. 92. b.

41. ,, ,, Ellanpuruc et Engilpurc in loco nominato Louppach. 807. 93. a.

42. ,, ,, Kÿppin de Marzilinga. 808. 93. b.

43. ,, ,, Ifi ad Poche. 808. 94. a.

44. ,, ,, Weltoni et Pilihilta coniuge in loco Altheim. o. J. u. B. 94. a.; vergl. 46.

45. ,, ,, Williheri cler. vel Hruadperhti in loco Tagaleihinga. (777?) 94. b.

46. ,, ,, Weltoni et Pilihilta coniug. in loco Altheim. 790. 95. a.

47. ,, ,, Altmanni in loco q. d. ad Phetarach et ad Aruzapach. o. J. u. B. 95. b.

48. ,, ,, Alhilt ad Urdorf. 808. 96. a.

49. ,, ,, Ifanperhti de Hafalpah. o. J. 96. a.

50. ,, ,, Crimperhti ad Oathareshufir 794. 96. b.

51. ,, ,, Irminperhti o. J. u. B. 97. a.

52. ,, ,, Deotlinda de Neritinga 788. 97. b.

53. ,, ,, Reginperhti de Thalamazzinga. o. J. u. B. 98. a.

54. ,, ,, Franchoni ad Wanga. o. J. 98. b. (ad Frigifingas, in publico fynodo).

55. ,, ,, Heriperhti et Rihkunda de Altunhufir. o. J. u. B. 99. a.

56. Pro ecclefia, qui dicitur Forahheida. o. J. 99. a.

57. Traditio Tutilonis prbi. de Rotinpah. 791. 99. b.

58. ,, ,, Wolfperhti de Wolfperhteshufir. o. J. 101. b.

99. Traditio Ihchoni prbi. de Kyefinga et Peralohc. o. J. 117. b.

100. Ratolt prbt. ad Feldmohinga. o. J. u. B. 117. b.

101. Egilperht et Hroadperht de Afcke. In illo anno, quando rex Karolus fuit cum hofte in Avaria. 791. 118. b.

102. Alpkis de Filufa. o. J. u. B. 118. b.

103. Faftpurc de Zollingun. o. J. u. B. 119. a.

104. Tarchanat et Heriperht fr. eius de Prifinga. o. J. u. B. 119. b.

105. Tr. Folchmar de Rathelmesdorf. 804. 120. a.

106. Salomon diac. ad Dahawa. o. J. u. B. 120. b.

107. Einhart ad Prunnom. 811. 120. b.

108. Tr. Karuheri de Zezinhufun. o. J. 121. a.

109. Erchanheri pb. et Heriwini pb. de Alahmuntinga et Hludinhufir. 804. 121. b.

110. Iterata traditio Erchanheri pbri. de Alhmuntinga. o. J. u. B. 121. b.

111. Traditio Engilfwind ad Holze. 808. 122. a.

112. ,, ,, Sindeo de ad Hleginpah. o. J. u. B. 122. b.

113. Rihhart ad Helphindorf. o. J. 123. a.

114. Notitia de venditione Ifangrimes cum Attone epifcopo. o. J. 123. a.

115. Regino prefbiter de Uurdorf. o. J. u. B. 123. b.

116. Traditio Folrati monachi de Cruckinga. o. J. 124. a.

16

189. **Toto Willinga** tradidit. o. J. 170. a.

190. Traditio **Paponi** ad **Tegarinwac** et **Ao-tingas**. o. J. 170. b.

191. ,, ,, **Aduni** de **Sentilinga**. o. J. u. B. 171. b.

192. ,, ,, **Helmuni** de **Tegarinwac.** 791. 172. a.

193. De ecclefia in **Awicozeshufir.** o. J. 173. a.

VI. **Hitto** 810—835.

1. Traditio **Hiltimarii** de **Zidalpach.** 812. 87. a.

2. Notitia de illo placito ad **Puochinawa**, quod **Hitto** epf. et **Willihelm** comis habuerunt cum **Sclavis.** 827. 136. a. [ſteßt unter **Atto**].

3. Renovatio vel confirmatio traditionis **Ekki-harti** prb. ad **Walde.** 819. 159. b. [desgleichen].

4. Evindicat o pro **Chenperc.** 822. 173. b. [desgl.].

5. Qualiter **Waldker** reddidit ecclefiam ad **Pahhu.** 818. 175. a. [desgl.].

6. Pro ecclefiam ad **Holzhufun** cum **Ada-lone.** 823. 176. b. [desgl.].

7. Quomodo **Fritilo** pbt. cenfum perfolvit ad **Frigifinga.** o. J. 177. b. [desgl.]. Vergl. 70.

8. Quomodo **Hitto** contraplacitabat omnem mallationem. 828. 178. a. [desgl.].

9. Quomodo **Waltheri** pbt. veftivit **Wagonem** ad **Rihhareshufun**. 828. 178. a. [leßte Urfunde der 1. Sammlung, doch innerhalb der **XXIII.** Lage]. desgl. Vergleich übrigens 82.

10. Beneficium **Rihhonis** comitis ad **Scropin-hufun** 824. b. 1. [oben vergeſſen]. Unter die Rubrik **Hitto** geftellt 187. Bl. **a.** ff.

11. Traditio **Deotcozi** ad **Richareshufum** et **Folmoti** fratris fui. 811. 187. a ; vergl. 82.

12. Traditio Cundharti prbi ad Pleoningas, et Liuthrammi nepotis eius. 813. 187. b.

13. ,, ,, Purcfona in Feohte. 811. 188. a.

14. ,, ,, Paldachri ad Ifamanninga. 814. 188. b.

15. ,, ,, Swidharti diaconi in Anzinga. 811. 189. a.

16. ,, ,, Cundharti pbri. et Liuthram diaconi ad Perke. 811. 190. a.; vergl. 12.

17. ,, ,, Podalunc et Reginhart ad Mahsminreine. 814. 190. a.; vergl. 150.

18. ,, ,, Hahmunti ad Perge. 813. 190. b.

19. ,, ,, Starcholfi pbi. et Hattoni diac. ad Perke, Phrumare &c. 814. 191. a.

20. ,, ,, Orendil com. ad Scamaha [im Terte richtiger: Scammaha]. 814. 191. b.

21. ,, ,, Piettonis ad Welamotesáhu [im Terte: in loco Wolamotesaha]. 814. 192. a.

22. ,, ,, Leidrati ad Chamaron. o. J.. 192. b.

23. ,, ,, Deotpaldi pbi. et Deotpatoni pbri. in loco Holzhufir. 814. 193. a.

24. ,, ,, Andreae prbi. ad Pergum. 814. 193. a.

25. ,, ,, Eioni pbri. ad Holze. 814. 193. b.

26. ,, ,, Kerhohi ad Pettinpah. 814. 194. b.

27. ,, ,, Sigipaldi in Pohfolaga. 814. 195. a.

28. ,, ,, Williperhti levitae. 814. 195. b.

29. ,, ,, Rihpaldi clerici ad Craz. 814. 196. a.

30. ,, ,, Oadalfcalchi prbi. ad Tegardorf. 814. 197. a.

31. ,, ,, Freidoni prbi. ad Ominpach. 814. 197. b.

32. ,, ,, , quam fecit Ofuni ad Mofahun. 814. 198. b.

70. Traditio **Fritilonis** pr̅b̅i̅. de **Prifinga**. 816. 222. b ; vergl. 7. u. 189.

71. Donatio **Sigoni** p̅b̅ri. ad **Urdorf**, **Painga**, **Rupilinga**. 816. 223. a.

72. Traditio **Hrodolfi** p̅b̅ri. in loco **Militaha**. 816. 223. b.

73. ,, ,, **Kerhohi** in loco **Neritinga**. 816. 224. a.

74. ,, ,, **Engilhardi** com. ad **Ahaloh**. 816. 224. b.

75. ,, ,, **Liupdruda** ad **Niwifaron**. 816. 225. a.

76. ,, ,, **Rihperhti** ad **Ekkiperhtesdorf** et ad **Winiheringum**. 816. 225. b.

77. Cenfus **Nidharti** ad **Pirihtilindorf**. Actum in loco **Ehfinga**. 816. 225. b.

78. Traditio **Meginolti** et filii eius **Hahfrid**. 816. 226. a.

79. ,, ,, **Heriperhti** archip̅b̅i̅. et **Sigaharti** nepoti fui in iiii^{or} locis [nämlich ad **Fechinga**, ad **Chuntilapuron**, ad **Poafinpurron** in **Alpacowe** und ad **Keizahu**]. 817. 226. b.

80. Renovatio traditionis **Warmunti** abb., quam fecit **Sindiho** p̅b̅r. 817. 227. a.

81. Traditio **Reginharti** diac. ad **Adalhelmeshufir**. 817. 228. a.; vergl. IV. 69.

82. ,, ,, **Waltharii** p̅b̅ri. et **Deotcozi** laici ad **Rihhareshufir**. 817. 228. b.; vergl. 9. u. 11.

83. Alia traditio **Engilberti** p̅b̅ri. et **Heriberti**, fratris eius, ad **Altheim**. 817. 229. a.

84. Traditio **Mezzi** ad **Undeoingas** domui f̅c̅. **Mariae**. 817. 230. a.; vergl. 38.

85. Traditio Hrodheri pb. ad Phetarach. 817.
    230. b.; vergl. 123.

86. ,, ,, Coteperhti ad Afinhufun. 817.
    231. a.

87. ,, ,, Sindperhti pbi. ad Hohinreinne
    [im Terte: Hohinreini]. 817. 231. a.;
    vergl. 152.

88. Redditio Cotaberti in Otmareswanc [im
    Terte: in loco nuncupante Otmares-
    hard]. 817. 232. a.; vergl. 36.

89. ,, ,, Arpionis cler. in Dahawa 817.
    232. b.

90. Traditio Emilonis ad Mahaleihhinga.
    817. 232. b.; vergl. IV. 27.

91. ,, ,, Antonii laici in Ollinga. o.J. 233.a.

92. ,, ,, Afcrih pbi. ad Kyfalpah. 817.
    233. b.

93. ,, ,, Cotefcalchi et Deotpaldi in Me-
    zinga; et quomodo Toto et Rih-
    heri et Afcrih adquifitionem con-
    traplacitabant in Tán. 817. 234. a.

94. ,, ,, Jannuloni ad Halle, filvæ pars
    [im Terte: in loco, qui dicitur Hál].
    817. 234. b.

95. ,, ,, Tettini ad Arfrideshufum; et fe
    ipfum offerebat. o. J. u. B. 235. a.

96. ,, ,, Otkeri pbi. in loco, qui dicitur Ho-
    hinprugka. 817. 235. b.

97. ,, ,, Agoni laici et tr. Rihpaldi pbi.
    in pago nuncupante ad Wangom,
    et in loco Toàlpach; nec non prope
    Waldkeri ecclefia. 817. 236. a.

98. Donatio Andreae epi. in locis nominatis ad

Swindaha et Afc. 818. 237. a.; Schluß=
Verhandlung. 819. 239. b.; vergl. 185.

99. Qualiter Pernwin tradidit rem propriam ad
Perge, in pago Uparacha. 819. 239. b.;
vergl. 157.

100. Traditio Cotefridi in loco Strazloh, xii
iurnales. 819. 241. a

101. ,, ,, quam fecit Engilpoto de Francis
in loco Khinzinpah. 819. 241. b.
[früher anno imp. vi., jetzt v, alfo 818.].

102. ,, ,, Ellanmari laici in pago Felda
iuxta fluvium, qui dicitur Filufa.
817. oder 818. [nach der Ind.]. 243. a.

103. ,, ,, Lantperhti pbi. ad Perchofun
et ad Prunnon. 818. 244. a.

104. ,, ,, Aferih pb. ad Holze; feu (d. h.
und) negotium eius, quicquid ad
Scrote et ad Chadalo comparavit,
cum pretio 818. 244. b., und 813. 245. a.

105. ,, ,, Peraharti de Marzilinga. 818.
245. b.

106. ,, ,, Liutfridi pbri. ad Feldmochinga.
818. 245. b.

107. ,, ,, Ifanharti clerici et Tunna matris
eius ad Steinhard. 818. 246. b.

108. ,, ,, quedam mulieris Imma ad Starginun 818. 247. a.

109. Renovatio traditionis Johannis archipbri.
in loco Hamariginpah. 818. 247. b.

110. Beneficium Ermanfuinda, filia Sigiharii,
de Hafalpah, feu traditio illius. 818. 248. a.

111. Traditio Erchanfridi prbri. et Ermperhti
nepoti fui iuxta fluvio Stroga. 818. 249. a.

112. Traditio Wic-huaffi p̄bri. ad Wagon. 818. 249. b.
113. ,, ,, Meginhardi laici de quadam capſa. 818. 250. a.
114. ,, ,, Tompurga ad Finningum. 818. 250. b.
115. Redditio Cozolti p̄rbi. ad Niuvarom. 819. 251. a.
116. Imihho p̄rbri. traditio prope pelago Wirm-feo, in loco vocato Holz-huſir. 818 251. b.
117. Traditio, quam Job com. fecit ad Ehingum et Pergom. 819. 252. b.
118. ,, ,, Ilpranti in loco ad Scalhodorf. 819 253. a.
119. ,, ,, Peponi ad Meſkilinfeld. 819. 253. b.
120. Ratkis tradidit locum farinarium ad Moh-hinga. 819. 254. a.
121. Traditio Hartbaldi p̄bri. ad Filuſa, et Maioli cler., nepoti ſui, in eodem loco. 819. 254. a.
122. Qualiter Cozpald laicus reddidit beneficium ad Sulzamoſe. 820. 255. a.
123. Notitia de renovatione traditionis Hrodha-rii p̄bri. ad Phetarah; et traditio Iſan-harti clerici in eodem vico, et beneficium illius. 820. 255. b.; vergl. 85.
124. Renovatio traditionis Ramwolfi monachi in Timinhofa, et traditio Erchanfridi p̄bri., et beneficium accepit. 819. 257. a.
125. Traditio Paatto [l. Pattonis] et Tetti ad Sindeoeshuſir et ad Haſalpah. 819. 257. b.; vergl. V. 160.

126. Traditio **Waldberti** clerici ad **Steinhard.**
o. J. 258. b.

127. ,, ,, , quam fecit Úo ad **Sewon.** 819.
258. b.

128. Renovatio traditionis **Ekkiharti** p̄bri. ad
Pergum [im Terte: in villa ad **Walde**, ba=
hinter Etwas ausgeschabt]. o. J. 259. a.; vergl. 3.

129. Traditio **Sigiwolfi** p̄bri. ad **Filufa.** 819.
259. a.

130. ,, ,, **Cundpaldi** laici ad **Cozhilta-
hufum.** o. J. 259. b.

131. ,, ,, **Bernoni** p̄bri. et monachi ad **Ker-
mareswanc.** 819. 260. a.

132. ,, ,, **Salomonis** ab̄b. ad **Sindpaldes-
hufum** iuxta fluvium **Filufa.** 819. 260. a.

133. Quomodo **Sigifuns** p̄b. traditionem renovavit in loco **Puppininga.** 819. 261. a.

134. Traditio **Alprici** et **Ootlanti** clerici, fratris eius, in loco, quae dicitur **Fo-
galvelda**, ultra flumina **Ifara.** o.
J. 261. b.

135. ,, ,, **Erlapaldi** p̄bi., et **Amalfridi**
diac., et **Erchanpaldi** p̄bi., et **Erlolfi**
laici in loco **Rihcozes-hovum**, et in loco
propinquo, nominato **Rehpach.** 819. 261. b.

136. Quomodo **Deotpald** p̄rb. reddidit fuam et
fratris hereditatem ad **Holzhufun.** 819. 262. b.

137. Traditio **Erchanharti** et **Kartfridi** fra-
trum de arvo adiacente monti **Frigifien-
fum.** 819. 263. a.

138. Quomodo **Sundarheri** diac. et frater eius
Cunzo conplacebant cum **Hittone** ep̄o de
beneficio in **Ifana** et **Alpihha**, et de hereditate ad **Undeoingas.** 818. 263. b.

139. Alpolt prb. renovavit traditionem ad Lin-
tahe, quae iam facta fuit. 819. 264. b.

140. Traditio Hruoffwind in Anshareshufir.
o. J. 265. a.

141. ,, ,, Rihpaldi prbr. et Deotrihhi feu
Reginperti de oratorio infra filva ad Ken-
perc. 819. 265. b.

Incipiunt traditiones de anno fep-
timo (nämlich Hludowici imp.).

142. Inprimis traditio Heripaldi pbri. in Othe-
reshufir et Herineshufir, et renovatio
traditionis Adalungi pbri. 820. 266. b.; vergl.
V. 95.

143. Quomodo Kaganharti caufam Reginhelm
reddidit Hittoni epo. in Feohtkirha; quomodo Frumolt prb. et Liutolt tradiderunt
propriam hereditatem ad Wilpah; quomodo
Haduperht cler. alodem in villa Othe-
reshufir reddidit, et iterum in beneficium
accepit. 820. 267. a.

144. Qualiter Witagawo fuam alodem reddidit.
820. 268 b.

145. ,, .. Altwart reddidit ecclefiam ad Lut-
tinwanc (in fca. fynodo in loco, qui vulgo
dicitur Ehinga). 820. 268. b.

146. Traditio Ratpotoni prbri. in loco nominato
Clana. o. J. 269. b.

147. De ecclefia Friduperhti in loco nuncupato
Luges. 821. 269. b.

148. Traditio Tenil ad Phetarach. 821. 270. b.

149. Renoatio traditionum Wagoni capellani.
821. 271. a.; vergl. 40.

150. Podalunc oratorium ad Mahsminreinne
[im Texte: Mahsmin reini], et propriam here-

ditatem ibidem atque in Hegilinga tradidit. 822. 272 a.; vergl. 17.

151. Traditio Adalfridi pbri. ad Anzinga. 821. 273. a.

152. Sindperht prb renovavit traditionem priftinam. 822. 273. a.; vergl. 87.

153. Traditio Ifaac pbri. de Anthadeshofa [im Terte: in loco nuncupante Anthades hu fi r]. 820. 273. b. ; vergl. 154.

154. Quomodo Afolt pb. renovavit traditionem avunculi fui Ifaac prbt. ad Anthadeshofon. 821 274. a.; vergl. 153.

155. Qualiter Heriolt renovavit traditionem fuam, atque patris fui nomine Reginhoh, ad Hrodolfeshufun et ad Steinesdorf [-drof, Hf.]. 821. 274. b ; vergl. IV 29.

156. Traditio Reginpaldi pbri. de Puppiningas. 821. 275. a.

* Deotfwind, quaedam femina, quinque manicipias tradidit. 808. 275 b. Gehört unter Atto!

157. Traditio Pernwini [im Terte auch Perwin] pbri. de Perc [im Terte: in loco nuncupato Uparacha]. 821. 276 a ; vergl. 99.

158. Cunzilo pbt. tradidit res fuas ad Sweinpah. o. J. u. B. 276. b.

159. Traditio Waningi prbri. et iunioris eius, nomine Deotpald, ad Strogun. 821. 276. b.; vergl. 59. u. 173.

160. Engilrat tradidit mancipia vi. 821. 277. a.

161. Traditio Ifanberti pbi. de Semitun, et cenfus. o. J. 277. a.

162. ,, ,, Hahfridi clerici de Incinmofe. o. J. u. B. 277. b.

163. Traditio **Heriperhti** de **Phetarah.** v. 3.
u. B. 277. b.

164. ,, ,, **Isangrim** de **Hiruzpah.** 821. (Hs.
dcccci, was falsch ist). 277. b.
Incipiunt traditiones de **nono
anno** (nämlich **Hludowici** imp.).

165. ,, ,, vel redditio **Reginwarti** ad **Poh-
scorro.** 822. 278. b.

166. **Deotpato** clericus ad **Croaninpach.** 822.
279. a.

167. **Cotescalch** et coniux sua **Ermanlind** de
locis ad **Perge** et ad **Cotingun.** 822. 279. b.;
vergl. 200.

168. **Oadalpald** et **Minigo** pbri. de loco **Ec-
chinaha.** 822. 280. b.

169. **Haholt** ad **Poatilinpach.** 827. 281. b.

170. **Mahtheri** tradidit res suas ad monasterium
sci. **Petri** apli. in loco nominato **Intihha,**
hoc est infra **Truhsna & Crivina.** 822. 282. a.

171. **Wolfperht** clericus et **Wanpurc** matrona
tradiderunt proprietatem suam ad **Stroga,**
nempe ad locum situm ad **Isana,** in ipsam
altarem sci. **Zenonis.** 822. 282. b.

172. **Elizo** pbt. tradidit proprietatem suam ad
Sweinpach. 822. 283. a.

173. Traditio **Deotpaldi** pbri. et **Erchanpaldi**
fratris eius in loco, qui dicitur **Stroga.** 822.
283. b.; vergl. 159.

174. De censo, quem **Puro** et frater eius **Cund-
perht** persolvere fatebant. 822. 284. a.

175. Quomodo **Hitto** eps. ecclesiam ad **Feringas**
ad episcopatum vindicavit. 822. 284. b.; vergl. 51.

176. Traditio **Erchanpaldi** pbri. et **Erlolfi** in
loco **Rihcozeshusir.** 819. 285. a.

177. **Salomon** pbt. renovavit traditionem fuam et **Meginberti** pbri., fratris fui fenioris. 822. 285. b.

178. Traditio **Memmoni** et **Ifanharti** cler. de **Niwivara**, colonia i. 822 286. a.

179. **Wolfdeo** pr. propriam hereditatem ad **Te-gardorf** tradidit. 822. 286. a.

180. **Regina** et vocatus eius **Dolleo** tradiderunt lucum ad **Calkinperc** [im Terte: in loco, q. d. **Calkinperht**, offenbar falſch]. 823. 286. b.

181. **Einhart** et nepus eius **Friduperht** pri. rem proprietatis fuae tradunt ad **Wanihin-pach**. 822. 287. a.

182. **Sigifrid** rem fuam tradit in **Merunes** fteti. 822. 287. b.

183. **Deotolf** pbt. tradidit propriam hereditatem ad **Operindorf**. 822 288. a.

184. Traditio **Erchanperhti** pbi. ad **Ratin-wege**, nec non renovatio traditionis in **Kla-na**. 822. [?] 288. b.

185. **Francho** epf. hereditatem fuam ad **Swin-daha** tradidit, et cenfum fpopondit. 823. 289. b.

186. **Noto** epf. tradidit res fuas ad **Kekingas**. 823. 290. b.

187. Traditio **Teniles** iuxta flumen **Fifcaha**, nec non de **Phetarach**. 823. 291. a.; vergl. 148.

188. ,, ,, **Pernolfi** et **Perhtnia**, coniugis eius, de **Erphinprunnin**. 823. 292. a.

189. **Fritilo** pbt. renovavit traditionem de **Pri-finga**. 823. 292. b ; vergl. 7. u. 70.

190. **Epucho** ad **Alhmuntingas** pro **Wicha-rium** prbt. res tradidit. (in fynodo ad **Ehin-gas**). 827. 293. a.

191. Cenfum **Reginwarti** de **Poahfcorro**. nec non traditio eiusdem et fratris fui inter **Ampra** et **Pafinpah**. 823. 294. a.

192. **Adalker** tradidit propriam hereditatem fuam ad **Ifanperhtesdorf**. (Actum eft hoc ad **Ehingas**). 827. 294. a.

193. **Freafo** unam clivam, quae iacet apud curtem **Poh**, tradidit ad domum fcae. **Marie** in caftro **Frigifinga**. 823. 295. a.

194. **Helidmunt** tradidit proprietatem fuam in loco q. d. **Heriperhteshufir**. 827. 295. b.

195. **Afolt** pbt. tradidit unam coloniam ad **Lauppah**, quam ipfi avunculus fuus **Ifaac** prb. reliquit, nec non res fuas in loco **Anthadeshofa**. 823. 296. a.

196. **Keidrih** tradidit adquifitionem fuam in loco **Naninhofa**, feu quicquid habuit et in alio loco, q. d. ad **Oalanteshofa**. 823. 296. b.

197. **Hroadheri** et filius eius **Waldker** tradiderunt oratorium fuum et alias res in loco nominato **Eitindorf**, in pago nuncupante **Sundarcawi**. 823. 297. a.

198. Traditio **Otlanti** pbi. et fororum eius **Liutfwind** atque **Ellanfwind** ad **Percheim**. 827. 297. b.

* Hier steht von späterer Hand eine Schenkung obiger **Ellanswind** und ihres Mannes **Ratolf** an den Bischoff **Erchanbert**, 3 Leibeigene und ein Stück Wiese betr.; wir verzeichnen sie zu seiner Zeit. 846. 298. b. (am linken und obern Rande).

199. Traditio **Engilmanni** diaconi de **Pacharun** [im Terte: in loco nuncupante **Pahharra**] 823. 298. b.

3

200. Cotefcalch et coniux fua Ermanlind fuam hereditatem in loco ad Perge tradiderunt; Ermanlind infuper iurnales xxx in loco ad Cotingun tradidit. 823 299. b.; vergl. 167.

201. Alpolt pbt. tradidit propriam hereditatem fuam in loco q. d. ad Lintah. 823. 300.b.; vgl. 139.

202. Cenfus Ellanpurc et filiae eius Engilpurc. fanctimonialis feminae, de propria hereditate in loco q. d. ad Lauppah (in publico fynodo ad Ehingas) 828. 301. a.

203. Ad Slekÿlespach Hitto epf. preftabat beneficium fuum cuidam homine Engilmaro. Actum fuit hoc ad illo loco, q. d. za demo minnirin tan, de foras in campo, in v. non. Jul. o. J. 301. b.; vergl. 274.

204. Denchilo tradidit proprietatem fuam ad Dorneginpah [im Terte: in illo vico, q. d. Dornaginpah]. Actum eft hoc ad Ehingas. 827. 301. b.; vergl. 253.

205. Traditio Wolfharii in vico nominato ad Hage [bei Zolling]. 825. 302. a.

206. ,, ,, Cunzoni laici ad Zorngeltingas [im Terte: in loco nominato Zornkeltinga, jetzt Zornebing]. 821. 303. a.

207. .. ,, Unnoni pbri. ad Tanne pro fe ipfum. 824. 303. b.

208. ., ,, Engilfridi pbri. ad Reginperhteshufun [im Terte: prope lacu Wirmfeo, in loco nuncupato Reginperhteshufir]. 824. 304. a.

209. Renovatio traditionis Starcholfi, cuiusdam laici, facta per filium eius Hiltolfum diaconum in locis, q. d. Azzilinga et Auifta, nec non ad Holzhufun. 824. 304. b.

210. Traditio. quam fecit quidam clericus, cui n.
Mahali, in loco q. d Steinherin-
ga. Actum eft hoc in loco, q. d. Ni-
winhufir. 824. 305. b.

211. ,, ., Wolfpaldi clerici et advocati eius
Walhi ad Tegardorf. 824 305. b.

212. ,, ,, Rihpaldi et uxori eius Lantdrudæ
ad Steinheringa. 825. 306. a.

213. ,, ,, Cundheri ad Hlaginpach. 824.
306. b

214. Renovatio traditionis Afoni de Mammin-
dorf, quam iam olim perfecit. 824. 307. a.

215. Traditio Engilperhti diaconi, matris eius
Perhthilt, et fororis eius Heta ad
Perge et ad Pohe. 826. 307. b.

216. ,. ,, Drudperhti [im Terte: Drudker,
aber ker auf abgeſchabter Stelle] diaconi
ad Strazloh et ad Hohinperc.
824. 308. a.

217. Wolfuni tradidit omnes facultates fuas ad
Feohte. 825. 308. b.

218. Renovatio traditionis Hagunoni pbri. ad
Hrindpach 824. 308. b.

219. Marina reddidit mancipia .ii. in manus Hittoni epi. ad Ehingas, quos ei venerabilis
pb. n. Marcho preftabit [l. -vit]. c. J. 309. a.

220. Traditio Engilheri ad Cheanperc. Actum
eft hoc ad Ehingas. 828. 309. b.

221. Waldprant et coniux eius Ata confirma-
verunt vel tradiderunt res fuas ad Puttin-
hufun, nec non ad Feohte et ad Pinuz-
dorf; prius autem fupradictus Waldprant

3*

traditionem fuam ad **Slegilespach** confir-
mavit. 825. 309. b.; vergleich 203.

222. Traditio **Pirhtiloni** clerici ad **Wiware** vel
ad **Lauppach**, et traditio **Walt-
heide**. propinquae eius, de eodem
loco ad **Lauppach**. 825. 310. b.

223. ,, ,, **Liutpurga** ad **Ifamanninga**, et
Hunolti pbi. in caballis et in pe-
coribus, vel in pecuniis aut etiam in
codicibus. 826. [in ipfo anno, quo
Hludowicus rex in **Baiowaria**
venit] 311. h.

224. ,, ,, **Podalungi** fubdiaconi ad **Purg-
reinne** [im Texte: in eo loco nominato **Purcreini**, unb: illum locum
ad **Purcreinne**] 825. 312. a.

225. ,, ,, **Cozhilta** matronae cuiusdam ad
Feohtkýricha. in minifterio **Liut-
paldi** comitis 823. 312. b.

226. ,, ,, **Kerolti** diaconi ad **Ahaloch** vel
ad **Wilpach** 824. 313. a.; vergl. 296.

227. ,, ,, **Frumolti** et filii fui **Waninc** ad
Hringolfinchofa. 824. 314. a.

228. Quomodo **Hitto** epf. **Salomonem** prbm ad
proprio fervo evindicavit Actum fuit hoc
placitum ad **Lauppach**. 825. 315. a.

229. Traditio **Ifi** ad **Poah** et ad **Wiviningas**
totum. 825. 315. b.; vergl. **V.** 43.

230. ,, ,, **Crimberti**, **Kepolfi** et **Wettini**,
filiorum eius, ad **Mohingas**; hlu-
zum .i., quod angar dicimus. Actum eft hoc ad **Holzmohingas**. 827.
316. a.

231. **Traditio** **Frumolti** p̄bri. ad **Pezinpach**.
825. 317. a.

232. ,, ,, , quam fecit **Kipiho** et **Reginwart**
feu **Adalperht**, unum **hluzzum**
ad **Mohingas** [im Terte vielmehr: **unum**
hluzzum in eo loco, ficut **Pafinpach**
circum ierit usque ad fluvium **Am-**
bræ]. Actum eft hoc ad **Holzmohin-**
gas, in ipfo loco, quem tradiderunt.
827. 317. b.

233. ,, ,, **Waltheri** p̄bri. ad **Rihhareshu-**
fun. 826. 317. b.

234. ,, ,, ; quam fecit **Kifo** ad **Perchofun**.
827. 318 a.

235. ,, ,, **Engildrudæ** de quibusdam mancipiis, et cenfum vel beneficium ad
Filufu Actum eft hoc in loco nominato **Dorfa**. 825. 318. b.

236. ,, ,, **Hahmunti** p̄rbi. ad **Clana**. Actum
eft haec traditio ad **Azilingas**. 825.
319. a.

237. **Renovatio** traditionis, quam fecit quedam fanctimonialis femina, nom. **Engilfnot**, cum ne-
pote fuo, n. **Erchanperht** p̄bro., in loco
Sweinpach. 826. 319. a.

238. **Rathelm** p̄r dimifit beneficium fuum ad **Pa-**
finpach **Hittoni** epo. in eius poteftatem.
Actum eft hoc ad **Holzmohingas**. o. J. 319. b.

239. **Traditio** nobilium virorum, n. **Piligrimi** et
Reginperhti, filii eius, aliorumque ad
Adalhareshufun. 827. 320. a.

240. **Hitto** epf. tradidit res fuas ad **Azzilingas**,
ad **Anzingas** et ad **Holze**; et cenfum **Er-**

chanberti, nepotis fui, conplacitavit. Hoc
factum eft in ipfo die, quo iter carpere coe-
pimus ad Aquis palacio in Franciam. 825.
322. a.

241. Traditio Wagoni capellani in tribus locis
nominatis ad Zollingas, et ad Ker-
hiltahufun, feu ad Holze; nec
non renovatio traditionis Rihharti
pbri. ad Heimolfeshofun et ad
Helphindorf. 825. 324. a.

242. ,, ,, Alpharti ad Wihfe et ad Hohin-
reini. 828. [in ipfo anno et menfe
(Mai), quo Hludowicus rex in
Baiowaria cum coniuge rediit].
325. a.

243. ,, ,, , quam fecit Hiltolf diac. ad Poa-
che tertia vice. 828. 325. b.; vergl. 209.

244. ,, ,, Swidkeri et Ilpranti de pratis,
prope fluvio Ambræ in amne iacen-
tibus. 828. 326. a.

245. ,, ,, Ifankeri clerici de Pinuzolfin-
garo-dorf. 827. 326. b.

246. Renovatio traditionis Engilrata, cuiusdam
matronae, de Sceftilare, et traditio Rat-
perhti de Marzilinga. 828. 327. a.

247. Donatio Arperhti pbi. de Filufa et Elas-
napah. o. J. u. B. 327. b.

248. Redditio Hittoni epo. ad Pahharun. Actum eft hoc in publico placito ad Erkeltin-
ga. 824. 328. a.

249. Traditio Cundpaldi ad Tellinhufun. 827.
328. b.

250. Quomodo fe in fervitium dederunt Frumi-

pert, Cozni et Rihpurc. 828. |in ipfo
anno, quando Hludowicus rex de Baio-
waria rediit in Francia|. 329. a.

251. Traditionis renovatio, quam fecit Waltunc
ad Ilhdorf; illa iam ante facta erat per Imi-
chonem, fratrem eius. 826. [in anno primo,
quo Hludowicus rex in Baiowaria venit].
329. b.; vergl. 280.

252. Ilprant faber territorium reddidit Hittoni
epo. o. J. 329. b.

253. Traditio, quam fecit Denchilo ad Dorna-
gindorf Actum eft hoc ad Ehin-
gas, quando fca. fynodus ibi fuerat
congregatus. 828. 329. b.; vergl. 204.

254. ,, ,, Engilfrita, cuiusdam matronae, et
advocati eius nom. Hroadolt de
mancipiis iiiior. Haec traditio facta
ad Mohingas. 825. 330. a.

255. ,, ,, , quam fecit Juto ad Heriperh-
teshufun. 828. 330. b.

256. ,, ,, Ratpaldi ad Neritinga. 826. 330. b.

257. Renovatio, quam fecit Echo pro fratrem
fuum Erchanbertum in locis nominatis ad
Chamaron et ad Peihinhufun. 826. 331. b.

258. Traditio Fritilonis ad Hiruzpahc |im Terte:
in loco ipfo, ubi oritur rivolus, qui
a vulgo dicitur Hiruzpach]. 828.
331. b.; vergl. 164.

259. ,, ,, Wolfolti et Heimberti pro una
molina in loco q. d. Mohingas. 826.
332. a.

260. ,, ,, Quartini ad Wipitina, ad Stil-
ves, Torrentes, Valones, Ze-

des, Telves, Teines. Actum eſt
haec traditio ad Inticha. 828. 332. a.

261. Traditio Ellanrihi pbri. et Engilharti
pbri., vel Annonis diac. ad Anninhofa (a vulgo vocatur ad Mahaleihi), et ad Tegiſingas; nec non
cuiusdam viri nobilis nom. Iſaac ad
Cundinchofun et ad Cundachresdorf. 829. 334. a.

262. ,, ,, Amalberti ad Otolfesperc. Actum eſt hoc ad Sindeoeshuſun.
829. 335. b.

263. Reginhart cler. tradidit res ſuas ad Mahsminreinne et ad Hegilingas. 828. 336. b.

264. Adalhart tradidit res ſuas ad Hegilinhu
ſun. 828. 337. a.

265. Traditio Ekkiharti pbri. in loco q. d. Reod.
[Die Schenkung gehörte ad altarem ſci.
Salvatoris in locum q. d. ad Feohtkyricha]. 828. 337. b.

266. ,, ,, Herimoti et filii eius Batuchoni
diac ad Dornegindorf; ſeu Eto
pbrt. 828. 338 b.

267. Waldperht pbr tradidit res ſuas ad Phetarach. 828. 339. a.

268. Traditio Ellancozi ad Marzilinga. 828.
339. b.

269. Quod Hitto epſ. preſtabit Alprico, nepoti
Attonis diaconi, beneficium ad Sentilingas. Actum eſt hoc in eo loco nuncupato ad
Holze, prope vico Azzalingas. 828. 340. a.

270. Hitto epſ. preſtabat unam coloniam Egiberto quidam viro ad Anzingas. Actum eſt
hoc in ſupradicto loco ad Holze. 828. 340. b.

271. Traditio Salomoni clerici ad Tegarinwac. Actum eſt hoc ad Dorfun. 828. 340. b.

272. ,, ,, Rihpaldi pbri ad Crazzun et ad Erlapach. Hoc factum eſt in publico ſynodo ad Frigifingas. 828. 341. a.

273. Meio pbr. tradidit res ſuas ad Perc [im Terte: in illo loco, q. d. ad Perke], und zwar ad monaſterio, q d. Sceftilari, ad altare ſci. Dionifii. Actum hoc eſt ad Sceftila-ron. 828. 341. a.

274. Cenſus Engilmari fabri de Slegilespach. o. J. 341. b.; vergl. 203.

275. Heilrat mancipia v tradidit. o. J. u. B. 341. b.

276. Quomodo Alprih ad Allingas reſtituit. Actum eſt hoc ad Emheringas. 828. 342. a.

277. Traditio Heriolti ad Winihares - ſteti. 829 343. a.

278. ,, ,, Memmoni et filii eius Iſanharti clerici de Marzilingas. 829. 343. b.

279. Soamperht pbt. tradidit prata ad Niwi-varon. 829. 344. a.

280. Traditio Imichoni pbri de Zorngeltin-gas. 829. 344. a.; vergl. 251.

281. Hroadhoh tradidit de Perc rem ecclefia-fticam. 830. 344. b.

282. Ilprant et coniux ſua Kerſuind, una cum filia ſua nomine Ilpurc. omnes res ſuas in loco nuncupante ad Calmanapah tradide-runt. 823. 345. a.

283. Quaedam fanctimonialis femina nomine On-hilt tradidit propriam ancillam ſuam n. Wil-lahilt. 830. 345. b.

284. Ifangrim clericus omnem adquifitionem fuam tradidit ad Ehingas. 829. 345. b.

285. Baaz de genere Carontania Sclavaniorum tradit propriam hereditatem fuam in loco iam dicto Malihhindorf. Actum eft ad Herihhingas 830. 346. a.

286. Quomodo Erchanolf, vaffus Hittonis epi., filius Kaganharti, reddidit ad Clana [im Terte: ad Pettinpah] hopas .v., et mancipia .vi. o. J. 346 a.

287. Tradidit Deotmar res fuas in loco Kermunteshufir, feu Ratcoz pbt. in loco Cuginhufir. 829. 346. b.

288. Anno ad Kyfinhufun partem filve tradidit, et ad pretium accepit. Hoc factum eft ad Haholfeshufun. 829. 347. a.

289. Quomodo Oadalpald convictus reddidit de Sulzareinne [im Terte: in loco q. d. Sulzareini] caufam Hludolfi. 829. 347. b.

290. Traditio et renovatio anteactae traditionis Ruboni archipbri. in tribus locis ad Tanftein [vorher: in loco Tanfteti], quod vicus vocatur Humpla, ad Stroagun et ad Ifana. Hoc factum eft ad Tanftetin. 831. 348. b.

291. Traditio Symoni pbri. et Salomoni clerici ad Holze, prope rivolo q. d. Croaninpah. 831. 349. b.

292. Quomodo Pezzi et Managolt, quidam nobiles viri, tradiderunt propriae hereditatis filvam in loco q. d. Calcunpergun. 831. 350. a.; vergl. 180.

293. Quomodo Afcrih pbrt. renovavit priftinam traditionem fuam ad Kyfalpach, ad Swin-

dacha, ad Tegarinwac et ad Fifcaha.
831. 350. b.; vergl. 92.

294. Quidam nobilis femira nom. Oata tradidit
res fuas ad Peraloh. 831. 351. b.

295. Tradit o Waldperhti pbri. ad Phetarah,
quod dicitur Chadalesdorf [im Terte: Cha-
dolesdorf], nämlich ad illo altare ad Zartin-
chiricha. in poteftatem fcae. Mariae fri-
gifigenfis. Actum eft hoc ad Zartinchiri-
cha. 830 352. a.

296. Quomodo diviferunt Hitto epf. et Kernod ad
Ahaloh et ad Wilpach. 831. 352. b.; vgl. 266.

297. Quomodo Tifo pbt. fuam renovavit traditionem ad Pullinhufun. 831. 353. a.

298. Traditio Rafolti diac ad Chuginpah. 820.
353. b.

299. ., ., Aferihi capellani ad Riute, hoc
eft Deotfrides-hopa. 831. 354. a.

300. ,, ,, Ekkyhohi clerici ad Hrammes-
pah. 831. 354. b.

301. ., ,, Sigifunfi pbri. ad Puppiningas.
Hoc factum eft in publico fynodo ad
Frigifingas. 831. 355. a.

302. ., ., Jacobi ad Alpihun. Hoc factum
eft ad Frigifingas in publico fynodo. 831. 355. b.

303. ,, ,, Totane [im Terte Tota] de Mammin-
dorf [Zufammenfunft mit Hitto in locum Kifalheringa]. 835. 355. b.

304. ,, ,, Engilharti clerici de Filufa; Salomon pbt. ad Starginun ift betßei-
ligt. 833. 356. b.

305. ,, ,, Ihhonis prbi ad Puoh, in illo

pago dicto **Sundargaui**, nämlich **ad monasterio sci. Dionisii, q. d. Sceftilares** [so die Hf.], **prope ripa fluvii Isura.** [Schon früher geschehen, und jetzt mit den Neffen **Hahmunt** und **Perhtolt** erneût]. **Actum est haec traditio ad monasterium Sceftilares. 827. 358. a.**

306. **Traditio Heilrate, ancillae xpi., et fratris eius Kernandi prope fluvio Clana** [Ihr angenommener Sohn **Kernand** erhält dafür vom B. **Hitto** ein Lehen **in loco nuncupante ad Poah**]. Die Schenkung ward vollzogen **prope fluvio ad Clana. 834. 366. a.;** vergl. 275.

307. ,, ,, **Deotun, ancillulae dei, de Perchiricha, et de beneficio ad Ominpah. 833.;** unter dem B. **Erchanbert** erneût. **836. 377. a.**

308. ,, ,, **Ratolti laici ad Zornkeltinka** [im Terte richtiger: **in loco q d Zornkeltinga**]. **813. 391 b.;** vergl. 206. u. 280.

Schlußbemerkung.

Obiges Urkunden-Verzeichniß ward im Sommer d. J. 1850 begonnen, und im Sommer dieses Jahres vollendet, Letzteres erst dann, als sich gewisse Hoffnung zum Abdrucke zeigte. Ursprünglich war es bloß zum Gebrauche der Beamten des f Reichsarchives bestimmt; daher die Kürze der ersten Nummern. Meichelbeck's Register zur Historia frising. (I. 2.) ist nämlich höchst mangelhaft; dieses sollte ergänzt werden. Aber die vom Kustos Föringer dringend verlangten Hinweisungen auf die einzelnen Nrn. der Schenkungen bei Meichelbeck mußten unterbleiben, weil es hiezu an Raum und — Geld fehlte.

Berichtigung.

Auf der 30. S., 15. Z. v. u., l. **mancipias** st. **manicipias**.

Geendet zu München, am 27. Sept. 1853.
Gedruckt zu Stattamhof bei Joseph Mayr.